著

我只想让心柔软一些

四川文艺出版社

图书在版编目（CIP）数据

我只想让心柔软一些／周荣桥著. — 成都：四川
文艺出版社, 2017.8 (2020.2重印)

ISBN 978-7-5411-4754-8

Ⅰ.①我… Ⅱ.①周… Ⅲ.①诗集－中国－当代
Ⅳ.①I227

中国版本图书馆CIP数据核字(2017)第182583号

WOZHIXIANGRANGXINROURUANYIXIE

我只想让心柔软一些

周荣桥　著

责任编辑	程　川　奉学勤
封面设计	刘　亮
内文设计	史小燕
责任校对	蓝　海

出版发行　四川文艺出版社（成都市槐树街2号）
网　　址　www.scwys.com
电　　话　028-86259287（发行部）　028-86259303（编辑部）
传　　真　028-86259306

邮购地址　成都市槐树街2号四川文艺出版社邮购部　610031
排　　版　四川最近文化传播有限公司
印　　刷　三河市华东印刷有限公司
成品尺寸　142mm×210mm　　　开　本　32开
印　　张　6.25　　　　　　　　 字　数　130千
版　　次　2017年9月第一版　　 印　次　2020年2月第二次印刷
书　　号　ISBN 978-7-5411-4754-8
定　　价　32.00元

我只想让心柔软一些

序　言

　　我大概会一生用诗歌对抗这个世界，直到死亡来临的那一天。那一天，我会写下最后一首诗歌：世界，再也不会更冷了。

　　我常常做梦，梦到伟大的小说，梦到瑰丽的诗句，也梦到过盛唐的那些诗人，梦醒之后，我时常冷汗淋漓，愧疚为什么没有记住他们，而对不起这些伟大的人物。

　　我不是一个伟大的诗人，甚至可能不是诗人，我相信评判诗人的价值是看有没有几句诗歌让人传唱，令人记忆，说出时代的艰难和特性，而我还远远没有达到。为此，付出所有的努力都值得。

　　战争、正邪、爱情、不公、家国以及人类种种的情绪，如果诗歌无法围绕这些来创作，不如不写。

　　白酒、爱情以及女人，是诗歌创作的三大要素。

　　诗歌最大的敌人是衰老，最好的朋友是时光，它们常常如影随形。

　　伟大的诗人只有两种，一种早亡，一种长寿。他们面对的敌人都是命运。

　　是为序。

目录

甲　走行

我在等一颗卫星经过 003

闷 004

正　好 005

他乡之惘 006

如此生活 008

这是写诗的日子 010

等　待 012

你要吃土豆丝 013

小年夜回忆 015

大海和海鸟 017

Las 之后 019

吃　人 021

奥兰加巴德的鸟雀是肥的 022

在希瓦神塔 026

印度洋的风 027

029 ...... 她　的

031 ...... 旅途之上

033 ...... 如果你在无人峡谷

035 ...... 好　像

036 ...... 路边的鲜花

038 ...... 异　乡

039 ...... 你　听

040 ...... 美国纪行

042 ...... 又

044 ...... 去奈良

046 ...... 不一样的

047 ...... 在水一方

048 ...... 如今快

049 ...... 再　会

050 ...... 那一个绍兴

乙　间民

053 ...... 是个孩子

055 ...... 农民之子

058 ...... 我恐惧，我要喝点白酒

060 ...... 消失之村

061 ...... 飞了，那些神

寻找春天 062

错 误 063

歌 声 065

十字路口 066

爱吾之国 068

另一个世界 069

蝴 蝶 070

卖果小贩 071

坟已荒芜 073

那天的玫瑰 075

他 们 077

试衣间 079

人类之子 081

无人问津 082

亡 灵 084

一爿小店 086

她信了神 087

丙 绪情

忘却的礼物 091

墓碑只是一块没有文字的石头 092

爱 093

094 ...... 空

095 ...... 你要有一件白衬衫

097 ...... 想你了

098 ...... 跌落的小王子

099 ...... 无　题

100 ...... 楚　歌

101 ...... 如　是

102 ...... 你或许可以

103 ...... 只　是

104 ...... 我　们

105 ...... 耀眼的时光

106 ...... 好的秋天

108 ...... 缘来如此

109 ...... 跌

111 ...... 走路的云朵

113 ...... 窗子的生日

114 ...... 归　昔

116 ...... 致

117 ...... 之　夏

119 ...... 如　果

120 ...... 马蹄莲

121 ...... 自　爱

122 ...... 眼　睛

123 ...... 我们再也不迷路

回忆之伤 125

放肆的夏天 127

所有的清脆 129

倒　带 130

漫　长 132

一捆甘蔗 133

年　景 135

恨不得…… 137

不　停 138

你只是不懂 139

过　年 140

灵　素 142

鬼　怪 143

母　亲 144

丁　谣歌

朝　圣 147

雪诺，雪诺！ 149

写一首诗，你会听到 150

老李和老韩 151

亲爱的，别说话 152

方的月亮 154

156 ...... 我只是再也不想那么爱你

158 ...... 水仙还有几朵未开

160 ...... 1992，我要对你说

161 ...... 恋　曲

163 ...... 昨天今日

165 ...... 岁　月

167 ...... 原来是爱

169 ...... 爱像一块石头

171 ...... 果　实

173 ...... 楼下的小孩

175 ...... 有光之路

177 ...... 杀死心中的男孩

179 ...... 十三月

180 ...... 遗忘的风

181 ...... 第四十二章

182 ...... 后　记

甲

走行

我在等一颗卫星经过

在几十公里的双车道上
苔藓长了几亿年
自大陆板块隆起之时

世界是一张纸
有时候折起
大部分时候打开
人们关心所谓的大事
却忘了亲吻妻子或者问候老人

时光慢得像种下无花果
你打个卫星电话
要等他绕过地球
其实也没什么
谁都会有一个人想去慢慢怀念

2016年6月24日

闷

罗汉寺前的阿姨拉着你算命
白头发老爷爷的柠檬好耀眼
一对中年夫妻正卖力剥电线
水果板车上有李子，杨梅和桃
花店的栀子花堆了一堆又一堆
重庆棒棒们把竹棒斜靠在肩头
朝天门的小贩一个个比着吆喝
老头背着一筒鸡毛掸子朝码头去
空气里是散不去的重庆味道
一切的一切像夏天裹着破棉袄
渝都的雾气似乎伸手可以抓到
重庆真的像个森林
树木是建筑群

2016年6月1日

正　好

在树心流泪……长成春天。

地球生下孩子，煤块正在哭泣。

如何去东边，或者西边，

没有分别。路总是要走的。

我们在一个陌生的湖边行走，

刚出炉的面包还有些烫手，

面包师的心情一定不是甚好，

他烤得坚硬，

可是湖水柔软，

鸭子长得标致，

风像柳枝，

女孩好看，

一切正好。

正好的还有酒，春天和那只花猫，

"老头，你来得不是时候。"

我笑了，这是个秘密，

陨石光临地球是死亡，

而我走的时候，你看，

夹竹桃正在开花。

2016年5月12日

他乡之惘

火炉啪啪作响，木头歌吟，
我们投了一块松木，又投了一块，
这是去南岛的路上，
人类如繁星，既多又少。
但孤独啊，也如繁星，
这世间又有几颗星辰相遇？

苹果跌落草地，果香四溢，
它们是那只猪的食物，人也同吃，
这是异乡的绿草成茵，
我们遇到来自故乡的人，
但迷茫啊，也如故人，
既相逢却不识，人亦异途。

我们在南岛，
在一户好人家的老房子里，
劈柴，喂猪，做饭和烤火，
这里野兔成群，
这里群鸟歌鸣，
可我一想到故乡啊，

心却开始流放，觉无故土。

觉无故土，觉无故土，
山幽湖寂，四野惘顾，
觉无故土，觉无故土，
人冷烟青，八荒徒徙。

2016年5月8日于异乡

如此生活

那个白色的木屋不急不躁

他有个红色信箱

每天只等一份早报或一封总会来的信

那个蓝衣胖男人不急不躁

他慢慢地劈着松木

如同一只蜗牛在散步

玛格丽特·约克女士不急不躁

她收下拉纳克城堡

然后用六十年时光收拾每一棵树和每一片苔藓

那棵湖中的老树不急不躁

他用一生去弯腰

直到可以亲吻湖面

那群牛不急不躁

当人们跑过或车子经过

他们用半天时间回头

那对天鹅不急不躁

他们拥有彼此

从早到晚从春到冬

不是刻意地等花开

或者用力地去活

不急不躁才是生活本身

2016年5月5日　纽西兰纪行诗四

这是写诗的日子

这是写诗的日子，时晴时雨。
野鸭子休憩于湖面，
峡湾的转角彩虹正在升起，
水清见底，无鱼游荡，
当博美沿湖边奔跑，
鸭子们照例飞起。

这是写诗的日子，时静时鸣。
白色水鸟深情观望远方，它的嗓音低沉。
蒸汽游轮拉响汽笛靠岸，红色烟囱耀眼。
湖水拍岸沙子响动，
如果不用心听，你听不到。
他们的声音空洞，如在山谷。

这是写诗的日子，不是我，
是太阳从乌云后寻找幸福，
是喂鸭人投出面包，
是枯黄的树下依偎的情人，
是那个女孩坐在石岸上面朝深湖，
是暗青色的山拥抱金色阳光，

是红色的浮球深吻多彩湖面，
是白雨跌落蓝湖，
是胖新娘的白裙拂过秋色，
是张开的滑翔伞爱上天空，
是孩子跌跌撞撞追逐他的狗，
这才是写诗的日子。

2016年5月4日于皇后镇

等　待

等那几个无耻的人停止争吵

等那架飞机收拾干净

等鸟类产卵

等木头变成化石

等邪恶露出怯相

等抽完最后一支香烟

等奥克兰的云层消散

等Fox的天气稳定

等读完黑色的春天

人生只是无数次等待

等我去喝杯美酒吧

喝下秋天

喝下夜色

喝下苍茫

喝下等待和希望

2016年4月28日　新西兰基督城

你要吃土豆丝

在六号公路
从东海岸到西海岸
湖泊正在枯涸
枯木顺水而下
牛和羊几百年一样
它们吃草嚼食和无视
人类则不同

我们为不一样而来
看银河系和星尘
看处女座和南狮子座
如果看萤火虫
不在夏天
在西边的森林中
它们正在生长

走一条路到黑暗
和无趣的人争吵
看一城霓虹照耀
吃龙虾和火锅

都不如在一个汽车旅馆住下

来一份土豆丝吧

今夜，你要吃土豆丝！

2016年4月29日　Brech Motel

小年夜回忆

荣济桥火红的字漆剥落

驳船轰鸣

石料，煤块和黄沙堆满船舱

船主穿着裤衩

大部分是精壮的汉子

他们的女人长发披肩

正在洗晒衣裳

几个混混

打着口哨

吐掉瓜子壳

吐掉青春

我们在桥上站成一排

在船过桥洞后跳入河道

比胆子大小

看谁是孬种

曾经有个孩子就这样死了

那之后

道士们在河边招魂

每年都会有黄纸飘落

河水静默如深夜

河是时间
时间是河
一样流淌
一样看我和姐姐
捕捉过螃蟹和鱼类
捶洗衣服
在河埠之上
我留下时间之痕
那是一道一生的伤疤

故乡的官河通往古城
它保留所有秘密
爷爷的
父亲的
我的
河水静默无语
故乡也是
它每日在变新
只有河底依旧是旧的

2015年2月1日

大海和海鸟

像个浮岛
它藏了很多秘密
海鸥知道一些
暗礁知道一些
东海鲷也知道一些

岁月如海
层层叠叠
一会儿是白的
一会儿是蓝的
一会儿又变靛青

灯塔看护秘密和船长
拍碎在岸上的有贝壳和船只
偶尔还有人类
一百年前的
一千年前的

不管它如何暴怒
咆哮或者掀起巨浪

它和海鸟们相安无事

风和海鸟是情侣

有时轻甚于重

2016年1月19日于济州

Las 之后

月亮亮着，路却暗沉。
Las Vegas的15号公路荒芜。
仙人掌长了几千年，
根基深长，
不用怀疑，
土地是它们的，
在一些时日，
人也是。
灯火万千，
赌徒的脸像大峡谷的红土，
红河流经皮肤，
如同人人喝下几升红酒，
在一切可以交易之地，
灵魂轻如一个一元筹码。
这里曾经水草肥美，
因为黄金而喧嚣，
又因它而静默，
在一百多年里，
欲望变成罪恶，
罪恶变成笑声，

笑声里，繁华如晨中云彩，
Las Vegas的15号公路荒芜，
月亮亮着，路却暗沉。

2015年8月5日

吃　人

棉花地歉收了
玉米也一样
洋葱长得倒还好
一月没有下雨
二月也没有
马路边那幢绿色大房子前
一个少爷正冲洗他的吉普车
石油每升200卢布
它吃油
人民吃土
牛和羊则干嚼
棉花地歉收了
不用再辛苦手开裂了
剩下的是肚子的事

2016年1月26日于印度

奥兰加巴德的鸟雀是肥的

一

孩子只有一只拖鞋
废弃的木料堆满平板车
他父亲满面愁容
形同枯木
他们要去建筑一个家
或者为富人运输
他弯下腰把车推过沙砾地
年轻人双手抱胸在欢笑或死亡
而他如尘埃
命如尘埃

孩子穿一条红色裤子
上身的白色T恤
不，可能是灰色的
如煤球饼般多洞
他爬上三人高的鸡棚
扔上去一个塑料罐
那是个宝库

存有他们四姐弟的一切
他突然躲到门后
蓝色的七平米铁皮房里
还有什么秘密？

在高架桥下乞丐先生们派出斥候
如果你伸手给钱
会有一万孩子围上来
刚学会走路的小女孩
趴在泥地上看父亲挖掘水沟
还有一样头发打结的母女伸手乞讨
印度的故事层出不穷
它幅员辽阔
历史悠久
又混乱神秘

二

埃洛拉石窟里曾经住过高僧、先知或神婆
Ajanta的石窟藏了几百年
今日它们都已残缺
湿毗神梵天和佛祖像
有人说它开凿了六百年
可毁掉只要一宿
文明和野蛮

只是古斯塔币的两面

蒙兀儿人来过

阿拉伯人来过

英国人也来过

荒废的清真寺古城墙处处可见

没人去考证谁住过谁毁掉

只有泰姬陵像个巨大的假面

阴影覆盖大地

印度人英印混血阿拉伯人藏族人

如同一人

这里是梵歌之地

众生如一

三

凌晨五点阿訇的祈祷在城市响起

一些狗也在吠

每晚的七时也一样

唱吟如神曲

他们有太多的神

神就是他们

苦行僧执杖而行

白发老妪盘坐于闹市

黄袍僧人低头冥想

教士的黑服耀眼

在某个转角
还有一身伊斯兰长袍者匍匐
信仰在贫瘠的土地发芽
比蒲公英飞得更远
比无花果树扎根更深
印度大地包容如大洋

四

它难以理解
如天空理解不了大地
如夏荷不解冬梅
泰戈尔和奈保尔也浩叹
它如香料般迷人
又如它般莫测
贫穷虚弱无所事事
友好傲慢肮脏自洁
夸张胆怯目空一切
诚实虚伪平等特权
纱丽是块愁结的布料
印度何尝不是?
它是庞大的象
又将终结于笨拙

2016年1月26日于印度

在希瓦神塔

格子衬衫的胖男孩走了一圈又一围

锡克族的红头巾老人合十向我问好

一条小犬蹦蹦跳跳在我腿边取暖

无花果花如菊跌落

黑眼小男孩奇怪地看我

围紫色华袍上身裸露的男人低头吟唱

鼻钉老看护戴着黄色带巾严肃地指引人取圣物

目光炯炯的少女和纱丽女孩是不是求了姻缘？

穿祭衣的长老为祈祷者点上红泥

巨大的神塔象征男性的器官

灰白的砖石密砌其上

无数人群穿行如鲫

巨大的宁静如刀片划过水波

塔内有人痛哭有人在唱吟

我端坐如轻风青禾

没有什么可以让我喧哗忧伤

2016年1月28日于印度

印度洋的风

海鸥并脚御风
追逐食物之时方驱开双脚
印度洋的海水黄浊
它曾经停泊过日不落帝国的战舰
仿佛灰色的海风穿越印度门
曾经有个国王从门下走过
如今埋在地下和权力同朽
哥伦布也来过
但死在归途
象岛上巨大的佛窟破败
佛却依然微笑

印度洋的风暖如爱人的手
僧侣穆斯林和基督徒同乘一船
还有些美国人欧洲人和中国人
好心的水手支上橘红色船栏
我却觉得
"自由"
有些事情就是这样
你可以挡住风

遮蔽眼睛

收买灵魂

海鸥却回答

飞翔

或者死去

2016年1月31日于印度洋上

她 的

她的蓝色围巾
像风帆
飞扬在古老的石柱边缘
埃洛拉石窟的旧神惊艳
她低垂眼睑
静默如雕像
或者一朵安静的莲花
水不动
她也不曾动

Ajanta石窟里她对我笑
挽住我的手
那天的佛像也都在笑
怒目的金刚不再生气
还有不动明王
我偷偷看她一眼
又看她一眼
她跪下合十之时
美若一树梨花

许多年了或者只是昨天
她是北方的一只孤燕
找不到抱持之地
她目光有些淡落
无人温暖
在这个应许之地
Hi，我来了
你恰巧也在！

2016年2月7日

旅途之上

麻雀在饥饿叽喳
芦苇丛枯萎伏地
水稻被风吹倒
砖厂红色烟囱高耸
青铜面具狰厉
莎士比亚的戏剧很美

旧厂房拆毁
高速公路陷入地壳
渔夫轻驶小舟
天空密布愁云
绿色火车头废弃
他的题字斑驳成画很古

人生而孤独
喧哗的是人生
我们在冬天赶路
以为春天是目的地
生一堆火吧
何不在冬季的野地

围住它取暖

春天到的时候

火萎了

我们挥手上路

2015年11月23日于动车上

如果你在无人峡谷

科罗拉多如蟒的巨河红浊，又清澈，
像印第安少女的眼眸，
时而温柔时而狂野，但一样危险。
几辆红色皮卡奔驰在狭窄的公路，
灰尘漫天，仙人掌丛生，
过去牛仔们骑马套绳比谁拔枪更快，
在峡谷之间寻找有金的土地
土地是无罪的
又是有罪的
埋下无数尸骨
但静默如初
静默如天神最初举起巨斧切割地表
又踩了几脚
于是大地开裂成峡谷
上升成山峦
日光再也温暖不了谷底
只有河流偶尔经过
我在峡谷之上掠过
看到在峡谷之间一个骑马的男人
鹰羽制成头盔

手中标枪带血

抬头望向我们

他转瞬即逝

他一定是几百年前的一个守灵者

守护这片天神之地

或许还有某种爱情

2015年8月8日于科罗拉多峡谷

好　像

松球跌落成谜

五角梅盛开如昨日

中年白人在海边喂鸟

不知名的鸟张开红色翅膀

女孩在草地上翻滚

天堂鸟望向天空

一号公路苍白陈旧

废弃的铁路桥洞有少年滑板

船长没有消息

海岸线愁肠般长

1885年的老酒店还有幽灵

芦荟多汁而无望

帆船只留下白帆

好像有什么丢失了

一个消息只在记忆中回响

2015年8月13日于美国圣芭芭拉

路边的鲜花

车子开过101号公路，
棕榈树在风中舞动，
这样的季节洛杉矶阳光正好，
一切像金子般闪光，
直到我看到那个男孩，
直到我看到那个男孩。

那个男孩捧着鲜花，
正站在路边哭泣，
好多天了好多天了，
司机先生说，
他的爱人在这儿出了车祸，
他天天过来祷告。

洛杉矶的阳光正好，
打落在男孩的脸上，
他微微前倾身子，
似乎在和爱人说话，
可是她听不到，
可是她听不到。

男孩捧着鲜花，

静默成一幅雕像，

他穿着一身黑衣，

他穿着一身黑衣，

这个时节洛杉矶有些忧伤，

这个时节洛杉矶有些忧伤。

2015年8月16日于洛杉矶

异 乡

空谷之中，鲜苔如羽，
可这是异乡，
异乡人的话正在雨后的街道上，
刺耳如汽笛，
或者是火车驶离站台的轰鸣，
又像湿了的衣裳，
我想家了，
想衣柜中那些干衣裳了，
想樟脑丸的味道和爱人晒下的衣被了，
可这是异乡，
空谷之中，跫音如鼓。

2015年8月23日于日本异乡

你 听

巨大枯树裂开的声音
枫叶互动撞击的声音
轻风拂过柏杉顶部的声音
泥土在烈日下汲水的声音
纸移门推动的声音
情侣从身后经过的声音
青草低头的声音
秋蝉将亡的声音
苔藓亲吻土地的声音
旧寺庙屋檐铜铃计算时光的声音
不远处僧人失去爱人的唱经声
坐于冥想石前
我看到声音开出不同的花来

2015年8月23日于泉涌寺

美国纪行

大飞的爷爷是中国人
如今他穿了耳丁，钻石闪耀
像个老美
为我们安排最后的位置
依旧喜欢中餐

旅行车里是英特耐特
加拿大墨西哥越南菲律宾和AMC
大家都很准时
除了孩子偶尔歌唱
人人礼让

这儿的车子都会发光
卡车的车头像一万种深海鱼类
高速公路没有护栏
青草正在枯黄
自由却在生长

旧金山市政厅的尖顶黄金耀眼
守卫先生笑着让人进门

三对新人在大厅拍婚纱
白色纱裙铺满大理石台阶
肯尼迪和梦露也曾走过

加州阳光洒落
人们奔跑骑行拖着房子旅行
他们的房子低矮
全然不同
却都种着鲜花和绿树

玉米正在结着果实
石榴开裂跌落无声
许多植物正在死去
在几十余年的公路上
我们平静飞驰
既无恐惧亦无忧虑

2015年8月13日于美国优胜美地

又

那些姑娘都笑着

在青苔上

佛祖像前

在向下的石阶上

和我们的注视下

没有衣袂响动

没有足音成步

亦没有石头的路

不对，不对

石头的路上青袍袭过

百米的巨杉响动如鼓

还有那脚下的

经幡后的

青石间的

我泼下水

再也无勇气欢笑

当我们踩下足去

佛陀笑着

只是笑着

飞过去的

只是你所看到的！

2015年8月24日于京都

去奈良

那天的云层很低，阳光暖熙，
稻田中的院子如黑珍珠，
还有遛秋田犬的男人，
伊势田的站台上有个白发老人，满脸苍苍，
我们去奈良。

谁的心中没有过远方，
但一转身又活在了当下，
谁的眼中不曾有希望，
但一闭上眼就是黑暗茫茫，
我们去奈良。

那里或许有伊豆的舞娘，
那里或许还有一个莉香，
那里有盛唐的遗韵，
那里有旧时光和鹿成群，
我们去奈良。

旅途苦短，时日无多，
我们的生活里多是风尘，

披星戴月，亦不足够，
带上一瓶酒和一些朋友，
我们去奈良。

不一样的

墙裂开了
他画了几朵梅花
树倒下了
他砌成了凳
花落了
他看风吹
太阳出来的时候
他晒干了眼泪
别人哭泣
他默默地听
总是不一样的
如果你热爱生活

2015年10月2月于西村

在水一方

首尔的风

不凉了

暖了

有了温柔

那些姑娘酒后的细眼

有春天的味道

走了

走了

在最好的凌晨

吃一杯

再吃一杯

于莫名的国度

饮中国的旧酿

清晨来的时候

伞打开了

花盛开了

昨夜来过了吗

2015年10月3日于首尔

如今快

老辰光里一切都慢

酒慢慢地温

茴香豆慢慢地剥

雨慢慢地听

路慢慢地走

人慢慢地品

你借一本书给她

读完，她就懂了

现今什么都不一样了

连爱也快了不少

我欢喜你，但不会这样

2015年10月7日于天地香舍致敬木心

再 会

那时的湖边
月光是白色的
人和人走着走着
会不想走了
和一湖风月
交个杯
濯个足
于是月亮亮了
汾酒是蓝色的
我也是
在芒康的炉边
和然乌湖的倒影中
一切是空空的
再相会
或不再相会
喝一杯吧
喝掉一个西边的高原
和我们的青春

2015年9月28日于苏州金鸡湖

那一个绍兴

宛委山上的石像静默高雄
石板路蜿蜒到旧宅停住
老太太点燃了煤球炉
暗红色的太雕甜如甘露
这一切都像是昨日重顾

徐文长的老宅前有棵古树
隔壁家的一桌旧菜依然丰富
我也会去那几个古董铺
没牙的老板摸着古玉装世故
王羲之当年也可能光顾

这一切和那些往昔
停停走走去去留留好多好多年
只有一些故人会偶尔想起
只有那些故事依然如月光熠熠
在新旧的秋天里
我们都应该笑如白水的流溪
直到相忘在古越的下一季

2015年10月23日于天地香舍

乙
间民

是个孩子

如果你是个孩子
你出生时一定皱皱的弱弱的
有一双手或许长满了茧子或许柔软
但都好小心好小心
怕弄皱了你
怕你哭想你笑

如果你是个孩子
你什么都不会懂
产床有多么昂贵
出生有多么艰难
父亲有多么坚强
母亲有多么小心
而这个世界有多么恶

如果你是个孩子
你就要慢慢长大
面对有毒的奶粉
过期的疫苗
无效的药

和莫测的人
还有什么呢?
活下去

如果你是个孩子
你的心是干净的
你的笑是干净的
你的声是干净的
你的哭是干净的
多么希望
这个世间再无一支冷箭
射向没有外壳的孩子

2016年愤怒的春天

农民之子

一

田野之中芜菁长成
你已不识
许多年前
你的脚踩进过田泥
那是夏收
有蚂蟥，泥鳅和血吸虫
隔壁村有个人被咬死了
你要小心
父亲皱着脸说

是夏天吧
稻草堆高过平房
蚊群如雨滴
我在上面
父亲在下面
他扔上来一个个草垛
我堆上去一个又一个
直到我成为星空

群星在我脚下

二

水菱，茭白，睡莲有迥异的叶，
芋头马铃薯和甘蔗的幼苗各不相同，
这些我都烂熟，
我还知四季的水果，
冬天可以埋下那些食物，
可长大的时候，
我不知道公交车的上下，
影院的位置，
大声和小声，
还有刀叉的方向，
我愚蠢，
常常搞错。

三

是农民之子
我常常告诉自己
在我看到茫然的乡下人问路之时
在我看到老阿姨对我羞怯笑之时
在我看到环卫工人从脚下扫叶之时
我就想起自己的身份

一个农民
和那些人
和土地有许多关系
一个农民

我会羞愧
他们大声说话之时
他们抱怨一切物价之时
他们看人间如此淡漠之时
可我并不害臊
在电影院她接一个电话
在饭馆他打包剩菜
在暖阳下他让我穿上棉衣
我是农民和农民之子
我是
永远都是

2016年2月8日

我恐惧，我要喝点白酒

月亮像把镰刀，也像蒙古人的酒袋，
当代人喝酒甚少，
在清朝，
为一袋酒有人杀人，
京城的少侠们，
敢上衙门，
可能因一块牛肉或一朵花。

遗书如同初冬薄冰
眉头像一池风中秋水
孩子们，孩子们，
在第99页上，
和第999999页上，
你读到同一行字。

我累了，
存折上的字，
姑娘的笑，
姐姐的微信，
还有你们在校门口欢娱地像石头狮子，

我要喝点白酒，

让眼前有星空满目！

2016年2月19日

消失之村

或许该有块碑

石头的也好木头的也好

不会腐烂

记录一种耻辱

和一个孩子的死亡

她三岁或者五岁

她的手扒住一块木头

那条蓝色的裤子满是污泥

她的眼睛合不上

合不上

你要竖块碑

为梦中之人

为你自己

所有的悲伤是一样的

她沉入水底

用眼看你

死亡简单

不亡之人必将日日煎熬

2016年于邢台

飞了，那些神

一定是你，远古的众神正在天上观望人间。
云朵就像一个个气球，
西瓜刚沥的香味正浓，
人人是鱼又为何变成了老鼠，
它们一个自由愚蠢一个狡猾阴暗。
爱有时是幼稚的借口，
人类用它毁灭爱。

2016年7月15日

寻找春天

战火和沙粒还有燃烧着的房子
孩子们在哭泣
从来没有那么多鲜血流淌
连土地都红了
家园不在了
去远方吧
一个老人说
带上希望和孩子

可是，他们哭泣起来
有些东西是带不走的
地中海的风
先人的墓穴
塞姆人的石柱
和大马士革的夜色
在沦亡的国度里
该如何寻找春天

2015年9月11日

错　误

那是2015年
在洛杉矶的某个公路转角
有个黑衣女人
黑色的衣服黑色的皮肤黑色的一块牌子
她女儿死于此地，经年无人抓获
终于无人理会
她日日矗立似墨玉雕塑
绿叶枯萎

那是韩国首尔的警局门口
她的衣服已经破烂
站了五年，十年，抑或一百年？
早就忘记了，早就正常了
她的孩子失踪无果
他们说他们在找
她日日等候消息
由春到冬

那是人类坚守的公正社会
在新西兰一个路人追过我

因为我违章掉头

在中国的一个码头

也有人把丢了的钱包还我

是的，我的诗歌懦弱如我

我常常觉得世界越来越冷

不是天空在降温

而是人类连结成冰

2016年7月10日

歌 声

一切死了一般
黄鹂死在柳树之下
河马死在岸边
鲟鱼死在顺流的岩石上
而人类死于不再言语
一切死了一般
万物寂静如天国
人人如枯木

2015年最后的诗

十字路口

艾娃站在十字路口
十字路口是人类的文明
就像性爱
可是人人闭口不语
或者假装着

是的
假装着
人们假装着
在生活中
和虚拟的生活中

我们不会在佛前忏悔
却每天诵着经文
我们每日蝇营狗苟
在朋友圈却伟大光荣正确
比如我……

比如我们的生活
我们是活着

还是已经死去
或者假装活着?
或者假装死去?

在荒野坟冢
和星野雪湖
我看到孩子赤裸着
欢笑着
他们没有十字路口

2015年5月17日

爱吾之国

垃圾不去分类

插队不会制止

收钱的警察和强拆的房子

还有计划生育中死去的婴儿

走失的孩子没有视频

都不如

今天在朋友圈爱国

爱吾之地

你从来不多一点

2016年7月12日

另一个世界

当爱人停止呼吸，亲爱的索儿，
亲爱的，
人的后悔，常常因明哲保身。
我永不这样。
你看那兰花，
拂过铁棍，
他砸死了那心坏透了的人。

2016年观《熔炉》

蝴 蝶

她不曾流下眼泪

他说我们吃饭吧

离家十里你会想家

田野中的谷物刚青

有那么一些时日了

辟邪的香囊已纳好

离家的女孩都会化蝶

她们飞啊飞飞啊飞

飞过时光飞过山脉

停在旧篱笆上

"你瞧，你瞧，我再也不会慌张"

2016年6月29日　韩国年度最佳电影《鬼乡》

卖果小贩

卖干果的少年
是个伊犁男孩
他有一车买卖
葡萄干红枣枸杞子
无花果花生大核桃
黄色的杏干像阳光下的锦鲤
柿饼也光亮诱人
可没有人光顾他的生意

他的三轮摩托崭新
眼神却陈旧忧郁
他说他来到这个城市许久
常常看到和他大小的孩子
他们买他的吃
他卖他们吃的
人人生而平等
为何他生于疆地？

卖干果的男孩
拂去干果上的飞虫

他拂不去心上的尘埃
可是年轻的小贩
谁都在轮回
何不洗干净双眼
欢笑着去面对

你看果实鲜亮
你看行人匆匆
你看阳光明磊
你看你还有一车果物
卖干果的少年
做个明媚少年

2015年10月31日

坟已荒芜
——致三毛

太阳有些冷了
人也是
在大西洋的某个海岛
一人长眠
他走的时候她不在
她走的时候
一条白练相伴
他亦不在

大西洋的风未曾停过
或许吹了许久许久
才吹到了沙漠、台湾和东方
也曾吹在伊人的脸上
温度和湿度不同
相同的
是思念

梦里花落知多少
撒哈拉不相信眼泪
还有那匹哭泣的马

你想或不想

你念或不念

你信或不信

你走或不走

没有一个春天开花

没有一棵树发芽

没有一场流星雨划过

在数千里之外

坟已荒芜

在冰冷的海底

海草替你陪伴亡灵

2015年11月1日

那天的玫瑰

雨果巴黎圣母院和卡西莫多
齐达内的光头和亨利的脚
还有埃菲尔铁塔的倒影
当然，也要小心小偷
在浪漫的时刻，有些浪漫的手

这一切都在昨日
又像在未来
三色旗下茶花女依旧
直到一月的炸弹和十一月的枪声
不是革命，不是革命
不是巴士底狱的反抗

悲惨世界再度回家
他们袭击了音乐会杂志社和吃牡蛎的人
这些无耻之徒
这些内心肮脏的人
不配用神圣的名

西洋玫瑰哭泣

但玫瑰不会凋零
人类有些刺
别人拔不去
炸弹手枪和匕首也没用

请放上一束花
或者用你的神灵祈祷
在同一个地球上
他人的地狱
也是你的地狱

2015年11月14日致巴黎

他 们

一把竹制的扫把已经分叉
他扫了几条马路了
从秋天到夏天
从梧桐的枯枝到杉树的落叶
从年少轻笑到脸上苦涩
皱纹如同跌落的树皮
可是，这么久了。
星子早换了路，
地皮换了主人，
还有走过的人，
那牵手路过的，
有一万，还是一个？
或者一人不剩？
或许，什么都变了。
车子变了，霓虹灯变了，
早晨跑过巷口的年轻人也变了，
不对，不对，总有些还是一样的，
是什么呢？
是年轻人的欢笑？
是树叶的跌落？

是下水道的堵塞？

还是那些车子溅起的水花？

台风暴雪还有大雨，

也不变，

就像人会苍老，

就像爱会枯黄，

就像背影是背影，

就像扫把是扫把，

就像每一片天空都会夜去。

对了，对了，

有些是恒久的，

如手中的皱纹每天变厚，

如街道的长度越来越长，

如孩子的音讯日益久远……

他对我笑起来，

牙齿已经掉光，

他转过身去，

一把分叉的扫把和一个弱小的背影。

2015年7月11日于上海

试衣间

大地收留了露珠
开出花朵
仓颉的古老字体，正在喘息
野兽没有留下痕迹
除了人类
人类是星球上最后的野兽
很快了

全世界为一个新星球欢呼
终于有比试衣间和大师
更可以装饰自己的东西
除了水
没有生命是有意义的
包括星球和未来
包括存在和消亡

数千年前曾天人合一
房，氐，角，亢……
先人把二十八星宿排于宇宙
为每个人类寻找归宿

后来的后来

没有后来

这是一个无名之夏

泡沫之夏

灵魂游丝之夏

在中国巨大的试衣间里

人人冠冕堂皇

又赤身裸体

2015年7月26日于试衣间

人类之子

海水冰冷刺骨

沙子也是

世界也是

黑暗那么漫长，没有尽头

如果有尽头

或许只有死亡

孩子想活在人间

用一种安睡的样子

2015年9月6日

无人问津

谎言有很多种
烧掉是其中一种
灰烬都一样
汽车的房子的人的
但人的
有亲人
无人问津是种罪恶

失联者和氰化钠
哪个重要一些？
当然还有真相和假象
或者都不重要
因为重要的
是水
亦无人问津

我离津门很远
离真相更远
可是世界就是这样子
你漠不关心

空气和水流一样到来

不要无人问津
不要无人问津
亦不要假装温暖
在那些燃烧的头盔之下
无数母亲
看到孩子

2015年8月16日

亡 灵

开了一饼老班章

喝着却苦如昨天

哪怕回甘很快

像回忆里的那个晚上

树影倒在湖面若银河跌落地表

竹子爆裂似战场静夜的突然枪响

郁金香不会于冬天盛开

哈雷彗星在秦代焚烧过兵马俑

古老的榛树的根在地心苦恋

谁说时间是一切幻化的终结

河流曾经不是河流

高山也不是

石头也不是

天地之间的人或许是沙鸥

沙鸥也可能是未来的人

倒是青瓷的成因没有变过

博山炉的花纹也是

或许奇楠的香味也不曾忘记过

在这个星球上亘古为何都是亡灵

喇嘛着红衣

僧人着黄衣

尼姑着缁衣

西方的新娘着白衣

东方的未亡人亦如此

星辰却千千万万

她们穿衣各不相同

死亡和超度或许就是一朵花的世界

也可能是时间之砚的圈套

我将融入大海

我将化为星辰

我将进入你的身体

我将回到战国和更老的一刻

我将成为光中的束子

我将流浪于生和死之间的空间

我将成为你

没有开始是结束

没有结束是开始

2017年1月22日

一爿小店

他开一爿小店
早四点的时候起床
发面揉面烧上水点亮店招
店招是一盏昏黄的灯
妻子也起来了
她的围裙有点发黄但干净
她的脸上有些面粉
几十年了一直这样
孩子还在梦乡
再有一个时辰就要叫醒她
盯着她刷牙洗脸检查书物
她是早点铺最重要的客人
冬日苦短，来日方长，她前程远大
水沸了面发好了
第一屉馒头即将出炉
孩子犹在梦境
今天又可换些铜板
他开一爿小店

2017年1月7日

她信了神

世界在洪荒之处，野兽出没，
有人升起火从天上或地底，
人类取之燃烧，也磕头，
野兽退却，树木成碳，土地焦败，
海洋有鱼，空中有岛，地上亦有生灵，
宇宙的幻化和科学是星宿的纠缠，
命运只是一个粒子和一个粒子耦合，
火和冰，蜜糖和海盐，生日和祭日，
羽毛轻盈飞向天堂，
灵魂暗黑去往地面，
圣城里有不一样信众，
尼布甲尼撒和提多都曾站上山顶，
他们信不同的神，
今日的我们信不同的星辰大海和土地，
唯一不信的是，人类长大了，
巨婴遍布苍宇。

2017年1月8日

丙

绪情

忘却的礼物

湖面平静，白帆轻扬。
往日并不增多一点，大多时候只是减少。
人生迷航，灯塔若现。
我曾讨厌乌鸦，蛇，麻雀和背叛者，
其实他们只是某种生物，
和我一样，
夏威夷竹新叶刚翠，
吊兰的花已开谢，
所有的美和美好各不相同，
爱却是一样的，
像阳光透过大片滴水观音，
洒满白色地板，
歌颂这个世界吧，
即使它早已荒芜。

2016年7月31日

墓碑只是一块没有文字的石头

是有些长，
生命，生命，生命
街头倒地的自行车轮正在空空转动，
丢掉的旧书在风中翻页，
今晚的月亮圆得像一口旧井，
雨点在50度的地面转瞬消失，
我愿意在遥远的处女座上为你点一支火把，
当你抬头的时候它始终闪亮，
不要触摸它，不要触摸它，
谁也摸不到玻璃之后的那道火焰。

2016年8月1日

爱

太阳不会升起，
如果她不在。
时间坚硬如石块，
如果她不在。
空气凝固成冰，
如果她不在。
植物正在死亡，
如果她不在。
我的肌肤像松树皮开裂，
如果她不在……
世界上有两种颜色，
一种叫爱，
一种叫不爱，
如果她不在。

2016年7月19日

空

稻田空了
那是盛夏
酒杯空了
是凌晨两点
街道空了
暴雪来时
天空空了
飞鸟归巢
梦想空了
填满垃圾
走着走着
我的手空了
它握过一些酒瓶
也曾握着希望
不空无一物

2016年7月26日

你要有一件白衬衫

你真好看，
穿那件白衬衫的时候，
干净，干净，
如同白雪初下，
在那条孤独的舟上，
覆盖，
又融化。

白衬衫是个符号，
是个暗语，
她正在跳芭蕾，
也是一身白衣，
也可能是黑色的，
不管了，记忆，
记忆会说谎。

如果失去了不要悲伤，
那些纯白的东西，
最容易脏，
你应该有一件白色衬衫，

它和黑夜搭配，

和你初生一般，

人的一生，

千万不要脱掉，千万不要忘掉。

2016年6月6日（小王子）

想你了

有那么一些时刻
像玻璃杯在地面碎裂
弹珠游戏打入最后一洞
或者久悬的飞机终于落地
一生
会有一句话
怦然如春
又绝望如冬

2016年5月10日

跌落的小王子

梧桐叶在阳光下砸落

落地窗生根碎裂

日光下无新事

新人和旧人走过无声

枯竹连根拔掉

水墙荒芜青苔

老日子熠熠生彩

她从地板上抬头望向院子

猫在窗台上张望

蜡梅又将盛开一季

在行将老去之日

所有的灯都熄灭了

人人心中只剩一盏

2015年10月10日于安福路

无　题

诗歌从死亡开始

如同情人节

从凌晨开始

繁星跌落谷底

万物之灵枯萎

酒和旗袍女子

凝固成老上海

你是一个黑人

灵魂是白的

我们将在此刻欢娱

冰雪消融

2015年2月17日

楚 歌

我想起所有的爱情了
老的和年轻的
长的和短的
塞外的和京城的
唐代的和宋代的
结了果和未结的
庸俗的和雅致的
哭的和笑的
这样告诉你吧
一切的一切
我会去温暖
梨花不会只有一季
桃花也是
只有一季的是
我们

2015年12月29日

如 是
——致三毛

若踩了晨霜

脆脆的

也像是在黄山之巅

拂去晨雾

爱仿佛是一个山人早起

去找山泉

山泉有些秘密

不说

只是美丽着

笑起来像故事结束了

完美的

可是

她总是不一样

总是不一样

那么多年了

世事如暴风袭林

她从不低头

如同云层从不可能遮掩了北星

你或许可以

寻找一丝光亮

在最黑暗的几光年中

寻找一丝光亮

如深海之中寻找电鳗

寻找一丝光亮

如暴风雨之夜等待一支闪电

寻找一丝光亮

如漆黑的梦中伸手摸索朝前

寻找一丝光亮

如盲者的手杖敲击地面

寻找一丝光亮

如无光的洞穴百转千回

寻找一丝光亮

在厚厚的中华史和甲骨文里

寻找一丝光亮

如婴儿在子宫中睁开双眼

黑暗从未曾战胜过光明

光明也一样

寻找一丝光亮　一丝光亮　一丝光亮

2016年3月2日子夜

只　是

只是花开久了想谢去
只是叶绿久了想凋零
只是水流久了想停留
只是云聚久了想飘散
只是梦停久了想醒来
只是风吹久了想驻足
只是爱久了想……
只是，只是
只是当一切来了之后
人人只是成为了只是

2015年9月9日

我 们

黄昏出现的时候

有些光在山的另一边

青春出现的时候

我们把啤酒瓶扔往天空

秋天出现的时候

梧桐树叶积满道路

幸福花跌落的时候

地板伸出双手

孩子出现的时候

母亲流下热泪

雨水出现的时候

土地张开了口

希望出现的时候

人人露出微笑

你出现的时候

我决定投降

像个傻瓜或者一个诗人

2015年9月26日于上海

耀眼的时光

大片大片的雨闪着钻石的光芒

梧桐树摇曳着

对抗风

有时候爱情就是这样子

只有狂风暴雨

才懂得

没有屈服的

不是因为不够强大

而是懂得低头

在漫长的黑夜里

这是最耀眼的时光

2015年10月1日于首尔

好的秋天

只是一个秋天
一群姑娘从街上走过
梧桐叶飘扬
也像一群姑娘
他们都在欢笑
秋季的风也笑了

好的秋天是这样的
有时会有秋雨
有时会有秋阳
银杏像遮住天空的扇子
南国的橙子跌向地表
好的秋天没有颜色
又都是颜色

好的秋天还像一本旧书
你读着读着就读旧了
仿如昨日时光重度
阳光洒过黄书页
秋天还派了风来吻它

唰唰作响

好的秋天不只一个
也不是两个
或者三个
人人都有一个好的秋天
秋天不是恋歌
它只和自己相爱
成为结晶体

2015年12月1日

缘来如此

相对而行的
有太阳和月亮
冥王星和海王星
还有一列火车去南方看雪
一列火车驶往雾之都
我常常发呆
红皮的火车
绿皮的火车
白皮的火车
有一次我忘了上车
因为在对面的站台
有一个姑娘走过
她着一顶春天的帽子
围巾飞扬
脸有春风
我错过了自己的班车
就像她错过了我
人生如是
人人有一个自己的站台
或迟或早

2015年12月7日于义乌

跌

所有的银杏指向死亡

在我经过的时候

车子卷起你走的日子

像丢了一个可乐罐

红灯闪动

让人别走

吉他早断了弦

她的黑色迷你裙诱人

你拦不住一辆出租车

怕搭一个酒鬼

我坐下抽烟

只是抽烟

烟头烧到了手

却不疼痛

有人陪你走一路

有人陪你走一生

人生而艰辛

又何惧人生艰辛

既是过客

何不轻行?

有些伤疤永在
揭过去的是宽容

2015年12月

走路的云朵

金钱松掉皮了
蒲公英乱飞
一个付出外壳一个付出未来
我看到鱼离开水飞上天
云朵在地面上走路
高楼矮身亲吻樟树
北风扯着嗓子
想停下来

自由
一个多个心
一个多个竖
轻脆的宣纸书写真的还是假的?
关于心灵也是
许多石像想成为另外一个样子
自由

人类和猿
甲骨文和简体字
在火焰中有水

而水里有火在燃烧
黑夜由太阳造就
如同虚假是真相的兄弟

2016年2月13日

窗子的生日

一朵枫叶红了

红得早了一些

孤独啊

龙舌兰也是

没有柠檬和盐

当然酒还是酒

有些可以一口有些必须慢慢的

就像一棵树或者一种花

春天和冬天

各有所属

秋天和夏天

一荣一枯

人类各有所选

其实都是一样

只有一扇窗

和一窗景

别忘了时光

别贪了心

只有一朵枫叶红了

2015年10月20日于圣芭芭

归 昔

粉色的纱巾如水如月光

它漫过脸庞

湿湿的

大地在我们身下

绿草正在私语

他们有些奇怪

榉树和五角梅慌乱

阴影不长

阳光正好

有风

印度洋的风

葡萄正在成熟

有的吹落了

芳香如蜜

她朝我笑

像马蹄莲盛开

一个男孩和一个女孩

回到从前

我想睡去

她的喘息如风暴

敲击洋面

我的心呀

若一叶浮舟

少年，少年

你是不是爱上了她?

我想睡去

粉色的纱巾如水如月光

2016年2月8日

致

她借了一本旧书如我

有些老了

你读了几遍

再无人翻读

枯萎了

直到她拾起

又放下

她抬起如恒星的目观你

好读吗

声音越过枯黄的树

春天的潮

夏天的风

和这个寒冬

静止下来

没有人读懂过你

四季没有

岁月没有

只有我

和未知

2016年1月20日

之 夏

夏天来早了。茶馆和花都没开好呢。
姑娘们早就准备好夏装，
可还是太早了，
太早了，
春天还未过完，
或许还有昨天。

那时的夏天总是很迟，
知了都厌倦了土层，
徽州的笋也是，
姑娘们却一样着急，
夏天，夏天多好，
有不同的花会开。

夏天来早了。茶馆和花都没开好呢。
我种下芭蕉，针葵和杜鹃，
还有一个薄薄的希望，
在春天里煮茶，
和播种，
夏天真来的时候，

姑娘们才会在绿茶中盛开。

夏天，秋天，还有冬天，它们又早又长，
除了春天短如一支烟，
短得像女孩们的夏裙，
又一个春天消失了，
春天只是开始，
不是结束。

2016年暮春

如　果

月亮消失了
冰融化了
梧桐叶跌落了
烛火熄灭了
沉香散去了
弹指之间的歌结束了
火车歇了
时钟停了
爱情累了
人变了
梦醒了
我写的和歌诵的呢？
错了
过了
你瞧他们笑了
如看一个傻子的心醉了

2016年3月15日

马蹄莲

平静，是平静，
如细风吹皱羊湖，
在绵绵积雪上踩出一行足印，
抑或一枚松针掉在地面。

干净，是干净，
如晨风穿越太湖嶙峋之石，
那件新的白衬衫刚漂白，
或是清泉流过青苔。

她是无声之美，
是我的巨大安宁，
是马蹄莲在静夜开出第一朵花，
第二天的太阳才能出生。

2016年7月18日

自 爱

疯狂了，
生和死有什么关系，
棍棒带不走自由，
也带不来。
而我想找一个地方，
苔藓在生长，鱼类游戏，鹿抬眼看响动之处，
猫头鹰盯着你观察，
没有人怒气冲冲，
除了将亡之人。
只是想爱个姑娘，
海牛行进了几公里，
大自然造化成风，
愤怒是个孩子，
他挑战一切，
所有温暖的是老旧的爱，
你都怕她靠在你肩头那发丝的温痒。

2016年7月20日

眼　睛

有很多种

每一棵树

每一朵花

每一扇门

每一个故事

她的眼神直视你

就像打开了一扇旧窗

旧日的粉尘四下

少年白头

你觉得温暖了

如燃一炷香

火

火

火

什么都不如她看你一眼

世界就开始燃烧

2016年6月28日

我们再也不迷路

我累了
走不动了
从北极到南极
从月球到地球
从过去到现在
我累了

屈先生和孔先生累了
赛先生和德先生也是
坟墓和保时捷也一样
换掉衣服吧
换不了灵魂

谁在歌唱
谁又紧闭双唇
他们不说话
也不动作
暴风肆虐

走吧，走吧

种下树

和爱

和日记

放心吧

我们再也不会迷路

即使熟悉的恋人

抹去路

2016年6月26日

回忆之伤

是这个世界上最好吃的菜了
最早是土豆
用酱油和猪油做调料
姐姐会切成片
是小小的那种
刨土豆是个好活
它们连茎生长，长长一串

后来是虾、鱼类和水煮蛋
妈妈上班那会儿
姐姐会下厨
我会烧火
去抽一捆稻草
火柴是红头的
一划就着

记忆是一种香气
母亲的黑发
父亲全是茧子的手
和姐姐总让你吃咸蛋黄

人类最重要的是记住美好

但今日他们常常相反

忘却不美的吧

一切美好才会重生

2016年6月9日

放肆的夏天

雨下了几天了，或许一直会下，
滴水观音长得很好，
大叶子小叶子鲜嫩，
兰花却早开败，
在春天开的花，
无法活到夏天，
夏天是生死之交。

我时常会怀念某个夏日，
街头有年轻人在游行，
吉他弹了一宿一宿，
翻过墙有无限自由，
十块钱叫几瓶啤酒，
关于球赛，我总是输，
当然现在也一样。

我们常常走过许多路，
却忘了路上的风景，
我们常常拥有四季，
四季却只是轮回，

没有路是一样的，
没有四季是不同的，
这样想着，我已老了。

夏天正在疯长，
雨也一样，
你看人们纷纷打开了雨伞，
雨再也打湿不了人，
世界包在果壳之中，
灵魂啊，
却已经全部皱成，
一颗颗发霉的种。

2016年5月29日

所有的清脆

冰层碎裂的清脆
薄霜踩过的清脆
瓷器落地的清脆
女孩笑声的清脆
月光洒下的清脆
春风拂面的清脆
铁块敲击的清脆
咬断薯片的清脆
一个耳光的清脆
青菜下锅的清脆
所有的清脆
都不如孩子的第一声哭泣
清脆

2016年4月15日

倒 带

这是最后的梧桐果实了
也是最后的希望
丁字路口到头
是那个女孩的家
他送过她很多次
直到末日来时

直到末日来时树叶枯萎
世界早就化成灰烬
人心更是如此
丁字路口到头
有一个老头在讨烟卷
他给他点燃香烟
直到烟头熄灭

直到烟头熄灭火光消失
洒水车的音乐再起
卷起死去的树叶
丁字路口到头了
人类时光也不多

如果可以让我倒带

我要回到路的起点

2016年4月15日

漫 长

死者向生者悄语

古琴已断

斑马线长如风筝线

巨轮在大陆上行进

太阳像煤块

阿尔法狗嘲笑人类

长白山倒掉

小丑哭泣

烟头在暗夜若云后月

生者向死者悄语

一切漫长似嗑一盘瓜子

2016年3月12日

一捆甘蔗

每年秋天，甘蔗遮日，
会有些孩子下课后潜伏，
谁家的甘蔗地没少过几根？
我也干过，
红皮的青皮的，
红皮的干脆，青皮的坚硬，
剥掉割手的外壳，
比谁吐得更远。

人人都在旅途，或近或远，
从少年到青年，
从一块甘蔗林到另外一块，
时光虚掷，人如甘蔗，
一节一节拔高，
又一次次改变，
故土之下，人若浮尘。

我时常怀想一些过去，
写过的诗，爱过的人，
吐过的甘蔗皮，

扔掉的旧稿子，

人生艰辛，

那个中年人背着一捆甘蔗，

在旧时光里，

新鲜得像播一曲邓丽君的老歌。

2015年11月25日

年　景

邻居办了八桌酒席
老老少少大包小包
雨篷在晒谷场撑牢
用的是蓝白相间的布料
雨下来的时候
雨声就清脆了
他们互递一支烟
又递上火柴
交流天气，收成和去年的烦扰

孩子们把爆竹投向河面
蔬菜地和远方
小的被问成绩可好
大的就是朋友是否找到
外甥看我一眼眼里有恼
那意思是你怎么变成大人了
除了拿出一个红包
我也不再干什么好事

朋友圈里都在晒时光

那里在下雪
那里有晴天
那里的海很蓝
那里的山很高
我骗了一个孩子的鞭炮
扔了出去却没有爆
它也在沉默嘲笑
这不是你的旧时光

2015年2月17日

恨不得……

酒水倒在身上

星星熄灭

他抬眼看去

再无星点火光

偶像的头像巨大

血脉荡然无存

一声丑到底的笑声

无数烈酒

烧灼吾心

村民在讪笑

鱼类跌落谷底

我看到他呵斥

惊雷滚落

大地和天空

从此对望

2015年2月23日

不　停

鸟雀凄厉的叫声不停

雨击打车顶的声音不停

枯叶飘落地面不停

大地断成板块不停

天空流出鲜血不停

虫子撕咬心脏不停

眼泪涌出不停

血液冲出血管不停

高楼和大厦塌崩不停

高架桥上车子跌落不停

狂风吹动森林如暗海不停

星子们从银河倾泻不停

梧桐树们变苍白不停

在一切的不停中

只有爱是静止无声的

雨停了

我走了

2015年2月14日

你只是不懂

灯亮着

一盏又一盏

状似晕厥

脸上没有血色

罗马柱苍白

他在哭泣

巨大的黑洞

和黑色

无法成人之美

割裂心房

血是白色的

摩天轮的颜色

没有理想的高度

和速度

它停下来

只有青色的鸟飞过额头

羽化成冰块

孩子们欢笑

牙齿白成象牙

2015年2月11日

过 年

笋和金针菇鲜嫩
一早母亲从菜市场带回
她没有讨价还价
脸上喜气洋洋
还有螃蟹青鲢和花菜
母亲说大年三十的菜比平时贵了一成
人少了很多都归了家去

十二月三十的阳光温暖如初夏
金橘苹果还有猕猴桃
全闪着新鲜的光
母亲又神秘地取出一个纸包
丢给了我
她说那是街口老丁炒的瓜子
刚出锅的白瓜子，你喜欢。她说

今年母亲没有担忧春天
父亲在担心隔壁要造新房
今年的沙子石头都很贵
但钢筋比往年便宜一些

他喝玛卡泡的黄色药酒
我喝红色的东风加饭
我轻轻举杯
他说过完年可能会再贵一些

院子里的青菜长得太快
母亲又去割了几棵
洗菜用的是井水
透凉透凉的
又透亮透亮的
村里的长辈和我招呼
说好久没见
我说是啊是啊
又一年了，我回来过年

2015年2月12日

灵　素

夜海棠跌落

冬天不再饱满

月亮正在开裂

博山炉的香冷却

红烛喘息

上海是个孤影

有一种不一样的爱

只是抬眼互看了一眼

她越过花园中的那些蓝花

他越过篱笆和枯枝

她将自己投入柴篝

且不留下一片光亮

在雪消融之时

谁也不记得那个黄瘦的女孩爱得深沉

2017年1月13日

鬼 怪

那堵红色的墙面摇动如烛，
掩过一个身影，
黑色的辫子和白色的连衣裙，
还有邓丽君的歌声，
橱窗里的新人正在欢笑，
路边阿姨的那些康乃馨也是，
地球欢语，寰宇沉吟，
那些饱满的橙子在斜坡上滚落，
那些结熟了的柿子树无一片绿叶，
我愿大雪覆盖大地，
你欢笑奔跑回头看我一眼，
冰雪消融，
春天才回到大地。

2017年1月9日

母 亲

曾经是一朵花，移种了自己

世间便多了些小花

曾经是一块绸，剪裁了自己

世间便多了几身衣裳

曾经是一条河，分流了自己

世间便多了几条溪

曾经是一个人，后来，后来

世间就再不孤单，她和你永在

你开心，她就开心，

你忧伤，她就忧伤，

你幸福，她像自己幸福，

你不幸，她愿意以身相代，

在这世间，

只有母亲为你哭泣不欲索取，

为你担忧不求回报，

为你等待不会关灯，

为你像一棵绝不离开地的树，至死方休，

它守候在那里，

怕有一日你归来，找不到方向……

2017年5月12日遇到你要的时光

丁

谣歌

朝 圣

人死成一把把灰，
一个塑料袋就可以装满，
高大也好年轻也好富有也好，
爱过也好孤独也好，
好和坏是硬币两面，
终日相伴。

年轻时太忙，
年老时已累，
生活不是说出来，
生活是过出来。
我们总是说得太多，
而过得太少。

那路真让人迷茫，
骨头遍地，水果丰盛，
他们来自各地，
冰雪之国或烈焰永在，
许多人只是人生过客，
连墓志铭也不曾留。

不要听那些告诫，

你看玉米正在收获，

不要失去希望，

猫从不停止逃跑，

爱护你心中的那个风车，

不要让它停下来，

不要让它停下来。

2016年7月19日

雪诺，雪诺！

你什么都不懂，你什么都不懂。
他们砍头，他们杀你，他们让狼嚎叫，
他们是下雪的原因，
你什么都不懂，你什么都不懂。

在长城之外，在冰雪常下之地，
厉鬼在复活，冰雪也是，
还有雪下的巨人，
你只是害怕，你只是害怕。

那个姑娘死了，胖子也不回头：
还有孩子杀死你，杀掉你，
长城正倒掉，
你的狼却活着，还有你的心。

这也重要，这也不重要，
天空全是寂寞，又是虚无，
时间却不这样，
倒掉的倒掉，我会重建。

2016年7月3日

写一首诗，你会听到
——致 jay

大雪纷飞来路，桃花在吟唱，
他们说白色的是梨树，
可梨树只在春天哭泣，
如果是花，蝴蝶会飞来但又会离开，
不做花，不引蝶。

晚明宅第栉次，桃花正酿酒，
卿言道且分离如雨落，
我却言来时路雪漫天，
你若是蝶，花正为此开为此谢，
不做蝶，不吻花。

我想为你在初夏写首诗，
有人会传唱会让你听到，
或许这也并不重要，
盛夏结的果实很少，
我们应该等待冬天或者秋天，
一个可以互相取暖，
一个可以收获果物。

2016年6月

老李和老韩

他唱了一首歌
彩虹，丢弃的酒瓶，破吉他，还有女孩
夜色来临的时候
是下午两点
大海正在涨潮
我要盖个好房子
种植了风信子和月季
在三月和九月
都有礼物
一切就像当初
那个孩子的心里
有一个玻璃房子
用力地歌唱吧
一切歌声都会过去
不会过去的是爱和哀伤

2016年6月3日

亲爱的，别说话

亲爱的，别说话，
谎言就像暖风，
它吹过肌肤，很温暖，
但转瞬冷去，
你看，就是这样。

亲爱的，别说话，
我爱你好久了，
从一个冬天，到夏天，
所有爱一样，
时光，正在流逝。

亲爱的，别说话，
路上行人断魂，
雨天掉泪，如卷珠，
我拥抱你肩，
一切，如到从前。

亲爱的，亲爱的，
不要说话，不要说话，

那些钱财并不是唯一，
你的歌声也是，
我愿意在街上飘荡，
听你唱歌，听你唱歌，
这样多好，这样永恒，
亲爱的，不要说话，
我们的爱，是唯一的路标。

2016年6月4日

方的月亮

人人看过月光
月光始终如一
唐朝的李白宋朝的东坡
都爱喝酒
我走过了一些地方
和他们一样，寻找自由

大唐的时候自由是魏徵的笔
大宋的时候自由是讽刺的词
今天的自由是你要相信他们的话
我走过了一些地方
地方常常一个模样

在阴暗的溪边，苔藓正在死亡
在清晨的天空，朝阳正在死亡
在匆忙的街头，行人正在死亡
在春日的野外，生灵正在死亡
死亡如期而来，沉默如群山

人人看过月光

月光始终如一
北京的南京的莆田的西藏的
它们经常被遗忘
我时常有些迷茫
是不是不一样的地方月亮会变方

2016年5月18日

我只是再也不想那么爱你

爱是错的

有些爱是愚蠢

爱错城

爱错时

爱错人

还有些爱得愚蠢

爱过分的兄弟

爱讨厌的亲人

爱活在过去的长辈

或者只是爱

爱错关系

爱错性

爱错前与后

月光爱上云层

只剩下黑

我只是再也不想那么爱你

这个坏世界

打雷再无声响

2016年5月15日

水仙还有几朵未开

杜鹃已开了几朵
在故乡，人们叫它们映山红
母亲说可以吃
吃了会一嘴鲜红
那时的山很远很高
人很大很热情
孩子热爱春游
他们只有远方和朋友

樱花桃花和梅花
它们先后盛放凋谢
在春天来之前
桃花可以换酒
梅花制作陈酿
樱花呢？
它爱上了风
却投入春泥之怀

有些花开好了
有些花开谢了

有些花开早了
可总还有些花不一样
水仙还有几朵未开
她不想辜负春天

2016年3月11日子时

1992，我要对你说

你伤心的时候，天会不会下雨？
你离开的时候，钟会不会停摆？
我想为你唱一首，关于爱，
可雪下来时，爱也结了冰。

那本旧小说，你画了许多笔记，
那个老铺子，冰棍是同一颜色，
在公交车上，有个男孩站在身边，
其实也没有什么，他为了爱。

这样的老歌，这样的老歌，
像风中吹来了雪花，
怕你受了伤，怕你会忘记，
融化吧，融化吧，爱的人哭了又笑。

2016年3月16日

恋 曲

——致敬罗先生和李先生

如果你相信

爱情昨日来过

那个穿蓝色牛仔裤的少女

白衬衫也好看

你说友情比较重要

我说去看场电影

木头的旧椅子叽叽喳喳

情人们会握紧了手

会为幕布上的亲吻害臊

手心流汗心跳匆匆

这样过了一些年

爱情终于离开

教导主任和班主任

在你敬酒的时候有些感慨

你们爬墙去看球赛

砸掉了一些酒杯

你们上了球场

输赢之后都会喝酒

还有那些女孩

你们要好好珍惜

啦啦啦啦　　啦啦啦啦啦
在那个校园
在那个青春
女孩暗恋男孩
男孩暗恋女孩
都不重要了
都不重要了
你看往日已经上了相册
你看往日已经上了相册
啦啦啦啦　　啦啦啦啦啦

2015年11月2日

昨天今日

她的爱情碎了，
像一个废纸堆，
街上的空易拉罐在风中滚动，
敲打她的心，
薄雾有些轻脆，
轻脆得像昨日。

她有些冷了，
冷得像失魂，
冬至日的天气时好时坏，
如同昨晚的小脾气，
阳光有些游离，
游离得像石斑鱼。

你掉头走了，
说要去寻找一块麦田，
去探访一条溪流，
克鲁亚克在路上等我呢
坐在引擎盖上正抽着烟
你是个坏男孩坏男孩

总是让女孩哭泣

你的麻色围巾是我挑选的，
离开的时候你围住了我，
可我要留下的是你，
不是冰冷的围巾，
我要留住的是你，
不是今日的离别。

Hi，昨日的今日，
我们的心成了空易拉罐，
我们的心成了空易拉罐。

2015年11月

岁 月

我老了
我的吻不再像薄雾般清澈
也不像永夜一样深沉
我的脚步也不再轻盈
反而如巨石滚落后的沉闷
我路过那个酒吧之时
只想快些离开
怕有什么热番薯烫手
手上留痕

我老了
朋友也一样
打开通讯录迟疑如下注
倒一杯烈酒也如翻一本古书
想念也仿若北方的霾
看不清走来的人
反而是心
有些琉璃球般透明

总是如此

年轻的姑娘欢笑如春天的杨柳

孩子们玩种种游戏

哭和笑都如同昆明的天气

旧时光像你抹去玻璃上的霜

老人积下灰尘

如同古玉上的老时光

我老了

时光新如初霞

2016年1月2日

原来是爱

偷了东西的小孩
一辈子都在责怪
他不想这样无奈
无奈只等待

但他只是个小孩
从未想过去伤害
他不想只是疼爱
委屈全部爱

但人生何其古怪
爱又那么惹人醉
如此这般想懈怠
真无法去兑

好吧好吧
我们不应该就此反对
从来不应是这样干脆
如何你的心中没有一丝的累
又何必将人如此狠狠面对

就这样吧

就这样吧

让我沉醉

若是爱

牺牲了自己只是一种无所谓

2015年7月31日于上海

爱像一块石头

亲爱的，我走了，
路口的公交车停下来了，
车门只开了五秒，又关上了，
你没有下来，车厢空无一人，
这是怎么了，
这是怎么了，
夜莺在悲鸣，
也因为没有等到爱人吗？

你看，亲爱的，
有些日子了，有些日子了，
我常常望向街口，
然后干掉杯中之酒，
这样的时光旷日持久，
我的眼泪早已干涸，
那公交空无，
你一定已走，
可它还是每日轰鸣而至呢。

好吧，好吧，好吧，

一切离别空无一物，

爱却在心中留下一块石头，

它不断下坠，

它不断下坠，

沉重如一座岛屿，

海浪冲击它呢，

冲击它呢，

可你永不回来了，

你永不回头了吗？

2015年7月16日于上海

果　实

亲爱的，你的样子不一样了
你穿了黑色的衣服
眼角含着春风
像那天委宛山的春风拂柳
或者是洛杉矶跌落的石榴
我看到了

时日无多
我们走过沙滩闻过海风
不同的阳光也晒过我们
还有一些四时的美味
时光又慢又快
时日无多

有些东西不一样了
过去的和将来的
新的和旧的
你的和我的
黑的和白的
可是你知道吗

果实会跌落大地

无一例外

2015年9月17日

楼下的小孩

小女孩爱奔跑
父亲怕她跌倒
她爱踢落叶
他为她俯身扫
她笑父亲笑
她哭父亲乱
她闹父亲慌

每一个成人
都曾经是小孩
都会想奔跑
也都会跌倒
都有个父亲
怕放了攥紧的臂膀

楼下的小孩
你会慢慢地长大
也会变成那个样
或许会忘了
当年的奔跑

或许不曾想
那些慌乱的拥抱

曾经的小孩
如今继续在奔跑
在自己的路上
会嫌父母的唠叨
他们从未变
依然怕你跌倒
只是有时候
说多了怕你恼

小女孩爱奔跑
父亲的心在跳
我看着你的欢闹
也看到他的心慌
没有什么大不了
只希望你记得他的好

2015年10月15日于宝庆路

有光之路

众神在前方飞舞
蝴蝶，蜜蜂，蝉还有飞蛾
新鲜的叶子在光下透亮
水在叶脉中流动
那是昆虫们的美酒
当然也是死亡前的诱惑

她迈过有光的树梢
羽毛被夏日晨珠濡湿
欢喜吧
舞蹈吧
在这有光之路
蝼蚁尚且偷欢

他如一本旧书
在翻乱的书页里
人生错误了
但更美好
是出版人把两本小说
错装于一体

欢笑和哭泣

悔恨和希望

生存和死亡

无耻和光荣

在光明到来之时

人人将死未死

2015年7月10日

杀死心中的男孩

你什么都不懂，雪诺。
火之女说，她赤身裸体，热烈如火。
雪诺却是冰冷的。
很多年前，父亲给过他一头狼，
白色的狼，
和兄弟姐妹都不一样，
他不懂，但他喜欢。

在绝境长城之上，
朔风如刀，
孩子和父亲并肩作战，
厉鬼也曾是父亲或孩子，
死亡人人都懂，
选择怎样死去，
却各不相同，人人不懂。

他砍下头颅，
想起温泉中做爱的女神，
想起断腿的弟弟和割下脑袋的兄弟，
想起流浪在狭海之侧的妹妹，

还有不承认自己的父亲，
他要杀死心中的男孩，
成为男人。

杀死心中的男孩，
杀死心中的男孩，
像个父亲，
像个爱人，
像个长子，
像一头北境的狼，
雪诺，你不会什么都不懂。

2015年7月6日

十三月

一月遇到海棠花在夜里飘落

二月离开家的人归家去

三月种下一盆睡莲代替思念

四月，四月是春天发了春

五月如果你到了花园花就开

六月应该收藏好一本叶芝的诗

七月牵手的是高山和湖泊

八月采一片荷叶挡住太阳星球

九月明月照拂松果

十月妈妈的新居结了顶

十一月夕阳躲在山茶花的脸后

十二月大雪飘，大雪飘，大雪飘

我想遇到十三月

可能是个人是条溪是段光阴

十三月里有水上书

2017年1月18日在遇到

遗忘的风

有一天我们的故乡将被毁掉，
就像他们毁掉了我的过去。
可不重要，可不重要，
所有人都将经历风霜雨露，
所有人的眼睛都会蒙上尘埃。

风中的紫色铜铃正在飘荡，
而我已经活了三十八年了，
这不重要，这不重要，
谁的岁月不会风雨飘摇，
谁的故事都会变成风中废纸。

我扔掉了一些易拉罐和酒瓶，
让它们在风中翻滚，
让它们在风中翻滚，
你我都将遗忘如同白痴，
只有那不休的风不会忘却，
只有那不休的风无法忘却。

2017年1月2日

第四十二章

故事讲完了
金属乐队的歌老去
黄昏就像是飘落的金线菊
夜晚是白日的焰火
我有些困了
等五十个人走过那条街
我便离去
有人的爱是等待
有人的爱是追逐
我将起身
留下尘土
在最后一个章节里哭泣
哭泣是为了明日相见时欢笑

2017年1月15日

后 记

大概在2010年左右，我开始在写作小说和散文之余写作一些诗歌。到现在，已经有七个年头。

我特别喜欢"七"这个数字。人死后的第一个阶段叫"头七"，上帝创造世界用了"七天"，在《圣经》中"七"代表了完美，上帝有"七灵"，在审判过程中有"七印"、"七号"、"七碗"、"降下七灾"，以及"七宗罪"；人类的婚姻会在"第七个"年头受到巨大的考验，《西藏生死书》中说中阴意识的觉察力是生前的"七倍"，在群体生活中，"七"还是一种独特的存在，比如"江南七怪"、"七剑下天山"、"七仙女"，我最喜欢的一个群叫"七七"……

在第七个年头，完成的这本诗歌集子，对我而言，拥有独特的意味。

曾经我很怀疑自己的诗歌，这几年，有人说在我的诗歌里读出了索德格朗，也有人说有切斯瓦夫·米沃什的味道，一些类似歌谣的，又让人想起滚石、鲍勃迪伦的时代……我知道，我还没有成为"我"，我依旧在学习之中，既然如此，只好继续写，继续寻找自己。在这个连微软小冰都开始出版诗集的年代，我们还是要用手写的文字对抗冰冷的人工智能的。我想，我会努力再写出一本本诗集，直到找到自己。

在此，特别感谢四川文艺出版社社长吴鸿先生，他是个美食家，我常常想起他厚实的笑容；感谢诗集编辑周轶先生，我们没有谋面，但他的专业精神让我敬佩，他说你应该喜欢质朴的封面，就这句话，他已经打动了我；还要感谢那些出没在我诗歌里的人们、城市以及情绪，是你们成就了诗意。

无一例外，在我的每本书的后记里，我都要感谢我的父亲和母亲，他们从来没有限制我去做梦，如果我有什么天赋，都来源于他们。

最后，我想说，乌鸦是黑色的，而我希望人间多一束白色的光！

于上海·遇到你要的时光茶香舍

2017年5月25日